Michel Amelin

CENT VINGT MINUTES POUR *MOURIR*

Rédacteur: Christiane Stéfanopoli
Illustrations: Palle Schmidt

TEEN READERS TR TEEN READERS

mourir, c'est fermer les yeux pour toujours

Michel Amelin
Cent vingt minutes pour mourir
Teen Readers, Niveau 1

Rédacteurs de série :
Ulla Malmmose et Charlotte Bistrup

ISBN Danemark 978-87-23-90512-3
www.easyreaders.eu

The CEFR levels stated on the back of the book
are approximate levels.

Easy Readers
EGMONT

Imprimé au Danemark par
Sangill Grafisk, Holme Olstrup

Michel Amelin

Michel Amelin est né en 1955. Il habite au bord de la Loire avec sa femme et ses deux enfants. Il est pédagogue et travaille dans les classes maternelles pour les enfants de 3 à 5 ans.

Il aime écrire des romans policiers pour les jeunes et pour les adultes.

120 minutes

Alice a treize ans. Des yeux bleus, des cheveux blonds.

Ses parents *sont séparés*. Elle habite donc une semaine chez son père et une semaine chez sa mère.

Son père, Patrick Delaunay, travaille dans un ministère. Sa mère, Agathe, travaille à la télévision.

Alice va dans une école chic. Tous les élèves sont fils et filles d'ambassadeurs, de ministres, de personnes connues ou riches.

Elle ne prend jamais le métro. Elle va en voiture avec le chauffeur de son père ou avec sa mère.

Aujourd'hui, elle attend la Mercedes rouge de sa mère devant l'école. Elle a son *sac à dos* comme d'habitude.

un sac à dos

Un de ses camarades de classe, Vivien Wells, est assis sur l'escalier de l'école. Il fume une cigarette. Il regarde Alice. Il aime beaucoup cette fille blonde, aux yeux bleus.

Tout à coup, Alice voit la Mercedes rouge à cinquante mètres. Elle va vers la voiture.

Arrivée près de la Mercedes rouge, Alice s'arrête.

être séparé, deux personnes mariées sont séparées quand elles n'habitent plus ensemble

Sa mère est assise sur la *banquette arrière*, près d'un homme avec une casquette. Le conducteur a une *moustache* noire.

« Qui sont ces hommes? pense Alice. »

– *Monte*! dit le conducteur.

Alice ne monte pas. Elle regarde sa mère.

Sa mère pleure!

– Monte! répète l'homme.

– Non! dit Alice.

Elle ne comprend pas. Elle veut crier. Mais elle ne peut pas.

– Attention, dit l'homme à la casquette...

Il a un *pistolet* noir dans sa *main*.

monter, si on monte en haut de la Tour Eiffel, on voit tout Paris

105 minutes

Alice monte sur la *banquette avant*.

– Mets ta *ceinture*, dit le conducteur.

Une main se pose sur les cheveux d'Alice. C'est la main de sa mère.

« Elle veut me calmer, pense Alice. »

– Où allons-nous, demande Agathe.

– Ne parlez pas, dit l'homme à la casquette. Sinon, je *tue* votre fille.

Les deux hommes parlent avec un *accent étranger*. Ils ne sont pas Français.

« Que veulent-ils? pense Alice. »

La Mercedes va vite.

– Laissez partir ma fille, dit Agathe. Elle ne peut pas vous aider.

la ceinture, voir ill. p. 15
tuer, faire mourir
l'accent étranger, un Français parle l'anglais avec un accent français. Il parle avec un accent étranger

– Ne parlez plus! dit l'homme à la casquette.

Et il frappe Agathe avec son pistolet noir.

Agathe pleure.

Alice pleure aussi. Elle pense qu'elles vont mourir... Là, dans la Mercedes.

99 minutes

La Mercedes est maintenant dans une petite rue.

– Vite, les *bandeaux*, dit le conducteur...

– Voilà, répond l'homme à la casquette. C'est fait.

La Mercedes tourne dans une rue. Puis dans une autre... Elle s'arrête. On ouvre la porte.

Une main prend la main d'Alice.

Alice sort de la voiture.

Agathe est derrière elle...

– Attention, il y a un escalier, dit le conducteur.

Elles montent un escalier. On ouvre une porte. L'homme à la casquette *enlève* les bandeaux.

C'est une petite *pièce*. Il y a un ordinateur, un

enlever, quand l'homme à la moustache enlève le bandeau, Alice peut voir la pièce

une pièce, dans une maison, il y a des pièces, par ex. le salon, la salle à manger, etc.

téléphone, une table de camping, deux chaises. C'est tout.

– Toi, va dans la chambre! dit l'homme à la moustache à Agathe.

– Non! crie Agathe. Je veux rester avec ma fille!

L'homme à la casquette prend son pistolet noir et frappe Agathe encore une fois.

Agathe va dans la chambre avec l'homme à la moustache. Il y a un lit et un *placard*. L'homme ferme la porte.

Alice est seule avec l'homme à la casquette. Il la regarde avec ses yeux noirs.

– Nous allons mettre une chose dans ton sac à dos. Puis tu vas placer ton sac dans le bureau de ton père. Tu comprends?

Non, Alice ne comprend pas. Elle écoute. Sa mère pleure dans la chambre...

L'homme à la moustache *revient* dans la pièce.

Le téléphone sonne. L'homme à la moustache répond.

– Tout va bien, dit-il.

L'homme à la casquette montre l'*écran* de l'ordinateur à Alice.

un placard, on peut mettre ses vêtements dans un placard
revient, vient à nouveau

– Voici le plan du ministère où ton père travaille. Voici son bureau. Ta mission est simple. Tu as une heure et demie pour mettre ton sac à dos dans le bureau de ton père. Sinon, nous tuons ta mère! Tu comprends?

Alice est *terrifiée*. Elle comprend que sa mère peut mourir.

91 minutes

L'homme à la moustache met un sac en plastique noir dans le sac à dos d'Alice et dit:

– Ton sac est maintenant magnétisé. Quand tu le mets dans le bureau de ton père, nous pouvons le voir sur l'écran comme un point vert!

L'homme à la casquette prend un *portable*. Il met le portable dans la *poche* arrière du jean d'Alice et dit:

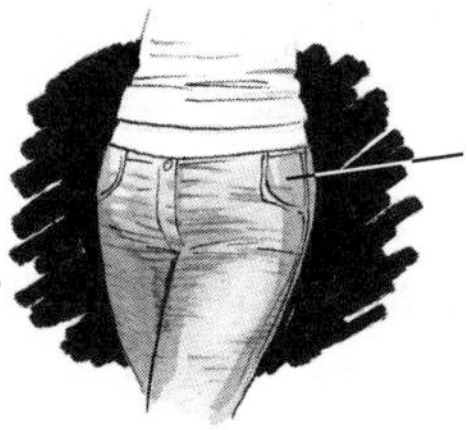

– Ce portable est pour nous. Pour te téléphoner en cas de problème. Maintenant tu vas aller en voiture à ton école. Tu vas téléphoner à ton père pour dire que ta mère n'est pas là. Le chauffeur habituel va venir. Tu ne dois pas aller à l'appartement. Tu dois aller au ministère. Dis que tu dois absolument voir ton père. Répète!

terrifié, terrifiée, par ex. les jeunes enfants peuvent être terrifiés par de grands chiens
le portable, le téléphone portable

Alice répète lentement.

– Je téléphone à mon père... Je vais avec le chauffeur au ministère... Je place le sac dans son bureau...

L'homme à la casquette regarde dans le sac à dos.

– Bon, dit-il. Tout est en ordre. Tu as quatre-vingt-dix minutes. Nous te contrôlons grâce à l'écran, ce portable et un de nos hommes. Alors, fais ton travail, petite révolutionnaire!

Alice prend son sac. Il est lourd. L'homme à la moustache met un bandeau sur les yeux d'Alice.

Il prend la main d'Alice dans l'escalier. On ouvre une porte de voiture. Elle monte. Ce n'est pas la Mercedes.

88 minutes

Le conducteur ne parle pas.

La voiture s'arrête. Une main enlève le bandeau.

– Prends ton sac. Appelle ton père. Tu as des instructions et une mission.

Alice ouvre la porte de la voiture. Elle est devant son école!

Vivien Wells est encore sur l'escalier de l'école. Il regarde Alice et vient vers elle.

80 minutes

– Tu n'es pas chez ta mère? demande Vivien. Tu es *pâle*. Tu as un problème?

– Je n'ai pas de problème!

pâle, très blanche

– Le conducteur à la moustache, c'est un membre de ta famille?

Alice ne veut pas parler avec Vivien! Elle pense à sa mission. Elle pense à sa mère.

Elle met son sac à dos. Il est lourd. Elle prend le portable dans la poche arrière de son jean.

71 minutes

Le père d'Alice prend son téléphone.

– Alice! Pourquoi m'appelles-tu? Tu n'es pas chez ta mère?

– Non, je suis à l'école. Maman n'est pas à la maison. Elle est en... Angleterre. Voilà! En Angleterre!

– Quoi! Ta mère est *folle*! Bon, je t'envoie une voiture. Je ne sais pas si Antoine est libre, c'est un peu la panique ici quand le président vient faire un tour...

Alice pense à Agathe... Elle regarde sa montre... Il reste...

69 minutes

Elle met le portable dans la poche arrière de son jean et pose son sac sur le trottoir. Il n'est pas fermé. Elle regarde dans le plastique noir et voit *un réservoir* rouge et des *fils électriques*, un *compteur avec des chiffres* rouges...

Non! Elle ne veut pas voir. Elle ne veut pas comprendre!

Elle attend le chauffeur...

fou, folle, quand on est fou, on fait des choses absurdes

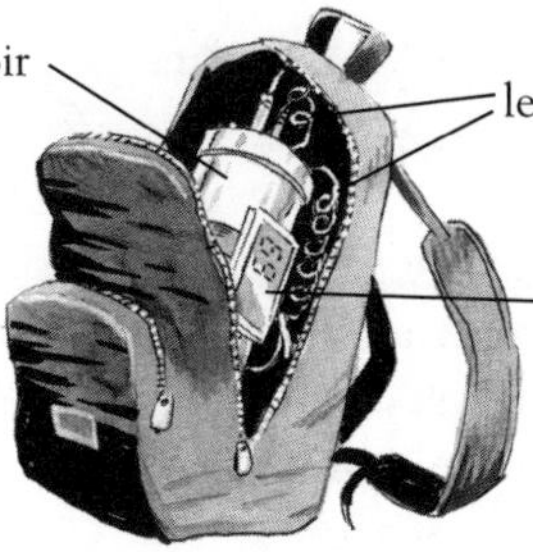

60 minutes

– Tu veux un chewing-gum? demande Vivien.

– Non, merci, répond Alice.

– Tu attends une voiture? Tu as un portable? Je peux voir?

– Non! crie Alice.

Vivien regarde Alice. D'habitude, Alice est timide et *réservée*. Mais aujourd'hui, elle est pâle et nerveuse... Et elle a un gros sac!

Il prend le sac d'Alice.

– Donne-moi le sac! hurle Alice.

Elle pleure.

Il s'arrête et met le sac sur le trottoir.

– Excuse-moi. Pourquoi es-tu si nerveuse?

Tout à coup, le portable sonne. Elle écoute.

– Qui est l'idiot à côté de toi? demande un homme. Et qu'est-ce que tu fais?

– J'at... j'attends le chauffeur, dit Alice.

– Personne ne doit prendre le sac!

Alice regarde autour d'elle. On la contrôle. Mais d'où?

réservé, réservée, qui ne parle pas beaucoup

52 minutes

Une Renault noire arrive. Elle s'arrête devant Alice. Comme il fait chaud, le conducteur a ouvert la *vitre*.

Ce n'est pas Antoine, le chauffeur habituel de son père, mais un grand type blond aux lunettes noires.

– Mademoiselle Delaunay, votre père m'a demandé de vous *conduire* à l'appartement.

– Heu... je vais au ministère.

– Ce n'est pas possible. Ce jeune homme est avec vous?

– Non! Il n'est pas avec moi!

Le chauffeur prend le sac.

– Laissez mon sac!

– Je vais le mettre dans le *coffre*.

– Donnez-moi mon sac!

Le chauffeur regarde le sac.

– Excusez-moi, mademoiselle, mais tout cela n'est pas normal. Je pense que...

Et il ouvre le sac.

– Bon Dieu! Qu'est-ce que vous voulez faire avec ça?

– Je ne sais pas... je ne sais pas.

Le chauffeur entre vite dans la voiture et prend un téléphone de voiture.

Alice n'a plus son sac. Elle est terrifiée. Le chauffeur ne doit pas téléphoner. Ils vont tuer sa mère...

Tout à coup, elle voit le chauffeur tomber sur la banquette avant.

Alice ne comprend pas. Qu'est-ce qui se passe?

la vitre, voir ill. p. 7
conduire, par ex. le chauffeur conduit une voiture
le coffre, voir ill. p. 7

Vivien vient vers elle.

– Tu as des problèmes? Où est ton chauffeur?

Alice montre le chauffeur à l'intérieur de la voiture.

Vivien va à la portière. Le chauffeur est tombé sur le côté.

– Hé? Ça ne va pas?

Il voit le *trou* dans la tête et le *sang*...

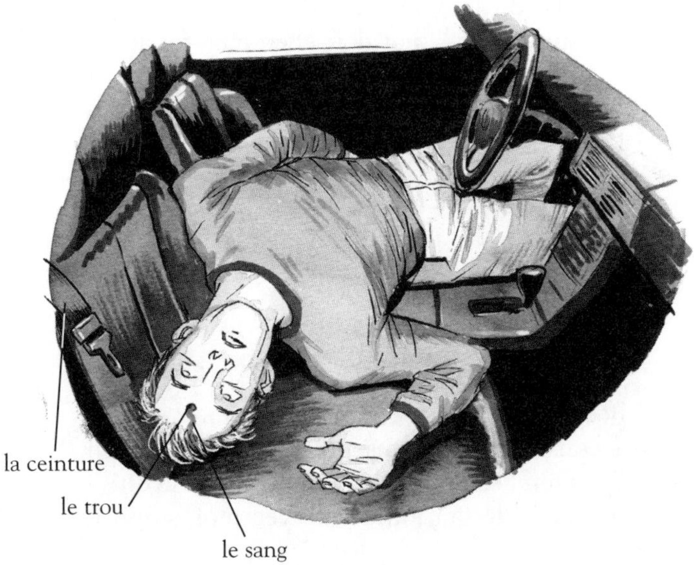

44 minutes

Alice ouvre l'autre porte de la Renault. Les deux *adolescents*, très pâles, se regardent au-dessus du chauffeur. Il est mort!!! Ils voient le sang et le sac ouvert avec des fils, des tubes et un réservoir.

– Ton chauffeur est mort! Tué! dit Vivien.

Il regarde dans la rue, sur le *trottoir*. Il n'y a qu'une vieille grand-mère et son chien.

Le portable d'Alice sonne une nouvelle fois.

– Tu vois, dit l'homme. Nous sommes là. Tout près. Alors, maintenant l'idiot doit aller avec toi au ministère. Sinon, on le tue. Monte la vitre. Ferme la voiture. Va au ministère à pied ou en bus. Fais vite!

– Prends le sac! commande Alice.

Vivien prend le sac. Sa main tombe sur des fils électriques. Il ouvre le sac et voit... un compteur... un réservoir... des chiffres... Il lit...

40 minutes

Alice monte la vitre et ferme la voiture.

– Tu sais ce que tu transportes? demande Vivien.

Alice prend son sac à dos et le ferme. Elle dit:

– Tu dois aller au ministère avec moi, sinon ils te tuent aussi!

– Bon Dieu, pourquoi?

– Ils vont tuer ma mère, Vivien. Je dois placer ce sac dans le bureau de mon père. Aide-moi!

l'adolescent, jeune entre 13 et 18 ans
le trottoir, voir ill. p. 19

– Tu sais ce que tu transportes? demande Vivien... Alice, tu transportes une bombe!

38 minutes

Ils marchent vite sur le trottoir. Il y a peu de voitures. Il fait chaud.

– C'est fou! Arrête! Tu ne vas pas porter une bombe au ministère, dit Vivien.

– Oui. Je ne veux pas qu'ils tuent ma mère! répond Alice.

– Et ton père? Tu veux le tuer?

– Non, je vais lui expliquer...

Vivien est très pâle.

– Ce sont des terroristes, Alice!

– Plus vite, Vivien, il me reste...

36 minutes

– Tu ne peux pas faire ça! crie Vivien. Tu vas tuer beaucoup de personnes.

– Je dois placer le sac dans le bureau de mon père! répète Alice.

– Écoute! On va à la police. Ils ont des spécialistes.

– Ils nous voient Vivien. Ils sont derrière nous. Ils vont nous tuer.

– Mais comment vas-tu entrer au ministère? Ils ont des *services de sécurité*.

– Pas de problèmes. Je vais souvent voir mon père.

le service de sécurité, contrôle les personnes, les sacs...

Les terroristes le savent. Je peux transporter la bombe.

Dans les rues, il y a de plus en plus de gens. On voit aussi des cars blancs de police. Le ministère n'est pas loin.

Vivien regarde sa montre... Il reste...

32 minutes

– ... le président, dit une personne.

La police arrive. Une grosse voiture noire arrive.

– C'est la voiture du président, dit Vivien à Alice. Alice, voilà pourquoi ils t'envoient au ministère! Où est le bureau de ton père?

– Sous le bureau du ministre.

– Je comprends! Tu dois tuer le président!

27 minutes

Ils sont presque au ministère.

Une moto arrive derrière eux. Deux hommes *casqués* passent près d'Alice. L'un des hommes prend le sac à dos avec violence.

Alice hurle. Mais la moto est déjà entre les voitures.

Soudain, l'homme qui a le sac tombe en arrière, le conducteur tombe en avant... Les voitures s'arrêtent.

– Vite! crie Alice.

Elle *court*, prend le sac et part.

courir, aller très vite à pied; faire du jogging

casqué
le trottoir

21 minutes

Vivien court après Alice. Il regarde sa montre. Ils ont...

20 minutes

– Attends! crie Vivien.

– Je n'ai que 20 minutes!

– Quelqu'un a tué les hommes de la moto! Comme ton chauffeur!

– Les terroristes nous contrôlent. Ils l'ont dit au téléphone.

Vivien regarde Alice. Comme il aime ces yeux bleus, ces cheveux blonds...

Tout à coup, une homme avec un *imperméable* s'arrête près d'eux. Il a sa main droite dans sa poche.

La main sort un pistolet noir.
– Allez vite au ministère!

18 minutes

Le ministère!
– Il y a une petite porte pour le personnel. Les policiers me connaissent, dit Alice.
Deux policiers sont devant la porte. Alice dit bonjour. Elle *pousse* la porte et entre avec Vivien.
Le hall est vide. Un escalier monte vers les étages. Dans une grande *cabine vitrée*, un gros policier en uniforme regarde Alice.
– Bonjour, mademoiselle Delaunay! Vous voulez voir votre père? Il travaille beaucoup aujourd'hui. Vous voulez peut-être aller dans son bureau?
Alice dit oui.
Vivien *a peur*. Il voit deux caméras vidéo et un *portique de détection* en bas de l'escalier.
Le gros policier conduit Alice jusqu'à l'escalier.
– Vous pouvez monter. Je dois rester ici.
Vivien a maintenant très peur. La bombe va activer l'alarme.
Alice passe dans le portique de détection. Il y a aussitôt l'alarme.
Vivien ferme les yeux.
– J'ai un portable sur moi, dit Alice.

pousser, pour entrer dans un café ou un magasin, il faut souvent pousser la porte
la cabine vitrée, voir ill. p. 22
avoir peur, c'est être un peu terrifié
le portique de détection, voir ill. p. 22

Le gros policier coupe le contact.
– Pas de problème. Montez.
Alice et Vivien montent l'escalier.

15 minutes

En haut de l'escalier, il y a un grand *couloir*. Une femme fait du café. Un homme de la sécurité sort d'une porte et dit:

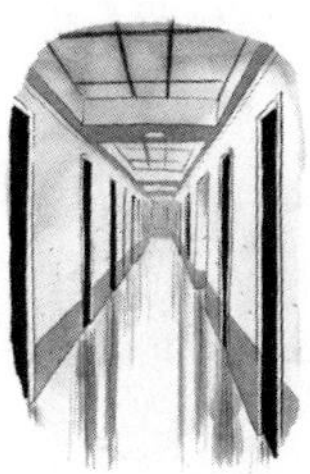

le couloir

– Où allez-vous?

– Dans le bureau de monsieur Delaunay. Je suis sa fille, dit Alice.

– Monsieur Delaunay travaille beaucoup. Et personne ne doit entrer aujourd'hui. Allons dans le hall, dit l'homme de la sécurité.

Alice a très peur. Si elle ne place pas le sac dans le bureau de son père, ils vont tuer sa mère.

11 minutes

En bas de l'escalier, Alice passe dans le portique de détection. L'alarme sonne.

– Qu'est-ce que... dit l'homme de la sécurité.

Le gros policier sort de la cabine et vient vers eux.

L'homme de la sécurité est *furieux*.

furieux, *furieuse*, être très en colère; une personne furieuse peut devenir violente

– Quoi? Vous laissez entrer des jeunes avec un sac à dos? L'alarme sonne et vous ne les arrêtez pas?

– Mais, ce sont des enfants. C'est la fille de M. Delaunay!

– Eh bien, nous allons ouvrir le sac!

Le groupe se dirige vers la cabine.

9 minutes

Quand ils sont dans la cabine, le gros policier prend une clé et ferme la porte derrière lui.

L'homme de la sécurité prend le téléphone.

– Quel est le numéro de Delaunay?

Le gros policier ne répond pas. Il regarde sa montre. Et sort un pistolet de sa poche.

– Qu'est-ce que... qu'est-ce que vous faites? demande l'homme de la sécurité.

7 minutes

– Ouvrez la porte du placard qui se trouve derrière vous! ordonne le gros policier.

– Non!

– Ouvrez-la!

L'homme de la sécurité ouvre la porte. Le policier le pousse dans le placard et *tire*.

Alice regarde Vivien. Ils ont la même pensée: le gros policier est un terroriste lui aussi!

tirer, on tire avec un pistolet

6 minutes

Le gros policier ferme la porte du placard. Il regarde Alice qui est maintenant terrorisée.

Tout à coup le portable d'Alice sonne.

Le gros policier le prend et écoute.

– C'est moi, dit-il… Tout va bien. Oui, la fille va monter le sac… Le président est là-haut dans le bureau du ministre… Pas de problème… On est dans les temps… Oui, le garçon reste avec moi.

Vivien comprend. On va le tuer.

– Non, il vient avec moi, dit Alice.

– Non, dit le gros policier. Il reste ici. Toi, tu as une mission. Fais ton travail.

Et il pousse Alice vers l'escalier.

5 minutes

Le gros policier se tourne vers Vivien.

– Ne me tuez pas, dit Vivien.

– Je ne te tue pas. Va dans le placard avec l'autre idiot.

– Non! crie Vivien.

Mais le gros policier est violent. Il pousse Vivien dans le placard et ferme la porte.

Vivien tombe sur l'homme de la sécurité. Il est avec un *mort*!

un mort, personne qui est morte, sans vie

4 minutes

Alice va vite. Elle est dans le couloir du premier étage. Il n'y a personne. Les portes sont fermées. Tous les collaborateurs sont probablement dans le bureau du ministre. Elle va jusqu'au bout du couloir et s'arrête devant la porte du bureau de son père.

2 minutes

Alice ouvre la porte du bureau et entre.

1 minute

L'homme à la casquette regarde l'écran de l'ordinateur. Il y a un point vert dans le bureau de M. Delaunay.

– Ça y est! Elle est dans le bureau! crie l'homme à la casquette.

Dans la chambre à côté, Agathe travaille pour sortir sa main droite des *liens*.

54 secondes

Voilà, Alice est dans le bureau.

– Qu'est-ce que tu fais là?

Alice se retourne.

Debout devant un placard, son père la regarde.

53 secondes

Agathe a maintenant sa main droite libre. Puis... sa main gauche... *ses chevilles*...

52 secondes

Dans le placard, Vivien entend tout à coup l'homme de la sécurité. Il parle.

– Ma cheville... ma cheville droite... dit l'homme.

Vivien touche la cheville de l'homme. Là, il y a un pistolet.

– Oui, dit l'homme, donne-le moi.

50 secondes

– Papa!

Alice court vers son père. Elle pleure et parle et parle. Mais il ne comprend pas.

– Qu'est-ce qu'il y a?

– Oh, papa! Je dois tuer le président!

44 secondes

Vivien prend le pistolet et le donne à l'homme de la sécurité.

42 secondes

– Viens, viens vite! crie Alice à son père.

Elle tire son père par la main.

– Calme-toi!

– Nous n'avons pas le temps. La bombe va exploser!

– Quoi? Quelle bombe?

Alice est très pâle.

– La bombe doit exploser, papa... Sinon, ils vont tuer maman.

38 secondes

Agathe se lève. Elle va lentement jusqu'à la fenêtre et l'ouvre. Il y a une *gouttière*!

« Ils vont penser que je suis descendue par la gouttière, pense Agathe. »

Elle entre dans le placard et ferme la porte.

27 secondes

Patrick Delaunay regarde le sac de sa fille. Il voit les fils électriques, le réservoir, le compteur...

Il prend le sac, ouvre la porte du bureau et court jusqu'à un gros *bouton* d'alarme rouge...

Aussitôt l'alarme sonne dans tout le ministère.

Puis il court dans son bureau et va vers un *coffre-fort* placé dans le mur.

25 secondes

Les doigts de Patrick font le numéro pour ouvrir le coffre-fort

...24

...23

...22

...21

Il ouvre la porte du coffre-fort

...20

...19

...18

...17

Il prend le sac

...16

Il met le sac dans le coffre-fort

...15

et il ferme la porte.

14 secondes

– Vite! crie Patrick Delaunay.

Il court avec Alice dans le couloir.

Patrick hurle.

– Sortez du ministère! Il y a une bombe dans mon bureau!

Alice est heureuse. Elle pense:

« La bombe va exploser! Ils ne vont pas tuer maman! Ni Vivien! C'est fini! »

9 secondes

– Vite! hurle Patrick Delaunay.

8 secondes

Dans le hall d'entrée, le gros policier voit les *employés* courir comme des fous...

Il va jusqu'au placard et ouvre la porte...

L'homme de la sécurité tire et le gros policier tombe.

– C'est fini, dit le gros policier. Il reste...

0 seconde

Vivien ferme les yeux et attend l'explosion. Il pense à Alice. Il sait qu'ils vont mourir.

Fin

L'homme à l'imperméable attend à la terrasse d'un café devant le ministère. Il voit les employés sortir dans la rue. Il entend des sirènes. C'est la police!

Son portable sonne. C'est l'homme à la casquette.

– Rien, dit l'homme à l'imperméable. Ils ont trouvé la bombe!

– Alors on tue la mère et on part vite!

L'homme à la casquette ouvre la porte de la chambre.

l'employé, l'employée, personne qui travaille dans un magasin, une banque, une école, un ministère, une usine...

Agathe n'est plus sur le lit. La fenêtre est ouverte.

– Elle n'est plus là! crie l'homme à la casquette.

– Alors on part! répond l'homme à la moustache.

– Vivien! dit Alice.

Il ouvre les yeux. Oui, Alice est là. Ils ne sont pas morts. Et la bombe n'a pas explosé.

– Et maman! crie Alice. Ils vont la tuer!

À ce moment le portable sonne dans la poche du jean d'Alice. Elle prend le portable et écoute. C'est Agathe qui téléphone!

Questions

1. Qui est Alice?
2. Où est la Mercedes rouge ce mardi-là?
3. Qui est dans la Mercedes rouge ce mardi-là?
4. Raconte le kidnapping.
5. Comment sont les kidnappeurs: gentils? brutaux? violents? menaçants?
6. Comment sont Agathe et Alice: calmes? heureuses? terrorisées? angoissées?
7. Décris la pièce où elles arrivent.
8. Quel est le kidnappeur le plus dangereux? Et pourquoi?
9. Alice a des instructions. Quelles instructions?
10. Qui est Vivien Wells? Vivien parle à Alice. Pourquoi?
11. Qui vient en Renault?
12. Alice et Vivien doivent fermer la Renault. Pourquoi?
13. Les kidnappeurs contrôlent Alice. Comment?
14. Qu'est-ce que Vivien voit dans le sac d'Alice?
15. Quelle est la vraie mission d'Alice?
16. Une moto arrive derrière Alice et Vivien. Que font les deux hommes casqués?
17. Alice pense beaucoup à Agathe. Pourquoi?
18. Raconte comment Alice et Vivien entrent au ministère et montent l'escalier.
19. Quel est le rôle du gros policier?
20. Quelle est la situation de Vivien dans le placard?
21. Quelle est la réaction du père d'Alice quand il comprend l'histoire?
22. Agathe arrive à se libérer. Qu'est-ce qu'elle fait ensuite?

23. L'homme à l'imperméable attend l'explosion. Qu'est-ce qu'il voit et qu'est-ce qu'il entend?
24. Comment se termine l'histoire?

Activités

1. Alice et Vivien habitent à Paris.
   Qu'est-ce que tu sais sur Paris?
   Le nombre d'habitants?
   Le nom d'une tour?
   Le nom du fleuve qui traverse Paris?
   Le nom d'un musée connu?
   Le nom d'une rue connue?

   Qu'est-ce que tu sais sur la France?
   Le nombre d'habitants?
   Le nom du président?
   Les noms des grands fleuves?
   Les noms d'acteurs ou d'actrices?

2. L'homme à la casquette, l'homme à la moustache, le gros policier et l'homme à l'imperméable sont des terroristes.
   Donne des exemples d'actes terroristes dans le monde:
   Aux États-Unis?
   En Irak?
   En Espagne?
   ...

3. Alice veut absolument placer la bombe dans le bureau de son père. Pourquoi?
Vivien veut aller à la police. Pourquoi?
Pense que tu es Alice. Qu'est-ce que tu fais?

Trouvez d'autres activités sur
www.easyreaders.eu

D'autres livres de la série

Christiane Stéfanopoli
Catastrophe au Camping des Roses
Niveau 0
Patrick et Éric sont les meilleurs copains du monde jusqu'au jour où Marie vient au Camping des Roses au bord de l'Isère...

La situation tourne au drame quand une pluie terrible tombe sur la région...

Jérôme Talou
Parce que je t'aime
Niveau 1
Bruno a quinze ans ; il aime bien les ordinateurs, Internet et tout ce qui est technique. Mais plus que tout, Bruno aime les filles ! Est-ce-que Bruno peut trouver l'amour de sa vie dans un 'site de chat' ?

Sans aucun doute, il va trouver de grandes surprises !

Charlotte Gingras
Un été de Jade
Niveau 2

Quand la tante de ma mère est morte, ça ne m'a pas touché. Moi, la famille…

Puis Josiane, c'est ma mère, apprend que tante Anna me laisse sa maison de l'île aux Eiders au milieu de fleuve!

Mais moi, je suis curieux. Alors je veux voir la maison… Et c'est là que je rencontre Jade…

Joceline Sanschagrin
Atterrissage forcé
Niveau 2

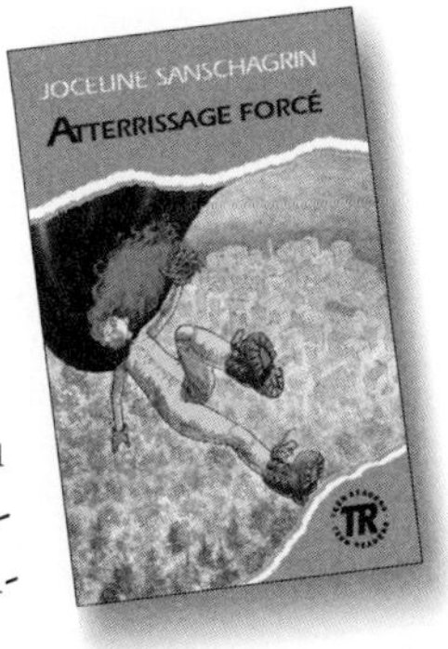

Le jour de ses douze ans, Wondeur quitte la vieille Léontine pour trouver son père.

Elle arrive dans la ville au pied du mur où les gens ont des comportements étranges. Heureusement Wondeur trouve aussi des amis.

Est-ce qu'elle va trouver son père?

Laurent Jouvet
Répétition pour un crime
Niveau 2

Florence a gagné le concours du magazine 'Reporter'. On lui donne la chance de faire un article pour ce magazine avec un jeune photographe, qui a gagné le concours de photographie.

Ils choisissent d'aller à Crest, dans le sud de la France, et de faire un article sur la célèbre 'Tour de Crest'. Mais beaucoup d'aventures les attendent dans cette Tour qui a servi de prison ...

Denis Côté

L'arrivee des inactifs

Niveau 3

L'histoire se passe dans la première moitié du 21ième siècle.

A 18 ans, Michel Lenoir est considéré comme le meilleur joueur de hockey de monde.

Le mystérieux David Swindler, enfermé dans son sarcophage, lui annonce un grand projet. Les meilleurs hockeyeurs de la planète affronteront des robots programmés pour jouer au hockey. Michel n'a pas le choix: il devra faire partie de l'équipe humaine.

Mais cette série lui ouvrira les yeux et il verra enfin le monde tel qu'il est vraiment.

De son côte, la journaliste Virginia Lynx fera de terribles découvertes dont dépendra l'avenir de l'humanité.